JN327329

葵のようなあなた　ほか

都鍾煥《ト・ジョンファン》

吉川凪　訳

葵のようなあなた

とうもろこしの葉に雨粒が落ちます
今日もまた一日を永らえました
落ち葉散り北風の吹くまで
私たちに残された日々は
ほんとうに短いのです
朝　枕もとにごっそり落ちる髪のように
命はあなたの体から抜け落ちてゆきます
種が実を結ぶまでには
まだずいぶん待たねばならず

あなたと私が耕すはずの広い荒れ地も
手つかずのままなのに
畦道にはびこったヒメムカシヨモギと雑草の傍らに
しばし呆然としゃがみこみ　また立ち上がります
薬すら思うように買えない
ぼろぼろの所帯を共にやりくりしながら
あなたは虫一匹殺せず
一度も意地悪な顔をしないで暮らそうとしていました
それなのに　あなたと私が受け入れなければならない
残された日々　空は
際限もなく押し寄せる黒い雲に満ちています
初めは葵の花のようなあなたを思い

崩れる壁を抱きしめるみたいに
手に負えない体熱に慄《おのの》いていました
しかしこれが　私たちにとって最も良かった頃と同じように
恥ずかしくない生き方をしろという
最後の仰《おお》せであることは分かっています
私たちが捨てられないでいた
何ほどのものでもない矜持だの栄誉や恥辱といったものまでも
今はためらいなく捨てて
もっとつらく悲しい人に
自分の心のすべてを与えることのできる日々が
短くなったことに苦しむべきなのです
残された日はほんとうに短いのですが

その一日一日を最後だと思って暮らす道は
膿み腐った傷の中にあるだけの力を
すべて出しつくして立ち向かう道なのです
もっと大きな痛みを抱えて死にゆく人々が
私たちの周りにはいつでもたくさんいるというのに
自分ひとり肉体の絶望と病に倒れることが悲しいのだと
思わねばなりません
オンドルの床に敷かれた油紙のように色あせてゆくむくんだ顔を見ていると
とても口には出せないけれど
もし体に最後まで健康な所があったなら
そんなものでさえ必要としている人に
そっくりあげてから行きましょう

肉体のどの部分でもこころよく切り取ってあげられる人生を
私も生きたいと思います
とうもろこしの葉をたたく雨音が大きくなります
やがてまた一つの夜が闇の中に消えるけれど
この闇が終わり新しい夜明けの来る瞬間まで
私はあなたの手を握ってずっとそばにいます。

五月の手紙

菖蒲《あやめ》の咲いた校庭で手紙を書きます
あなたがいなくなってから一日がひと月のように長いけれど
その空白の場所すべてに深い沈黙が漂っています
昼にもカッコウが鳴き野茨《のいばら》の咲く五月です
あなたのところでも春には花が咲きますか
花が散って咲くたび　あなたを思います
闇の中に野茨の花が白く輝く季節には
いっそうあなたに会いたくなります
愛する人を失った人は誰しもそうでしょうが

愛する人を五月に失った人の多いこの地では
野茨ひとつ咲くのもただごとではないのです
この世に大勢いる人のうちの一人を愛し
いつまでも互いに深く愛し合うことは　美しい
そう思いつつ空を見るたび胸が塞がります
どれほどたくさんの人々が永遠に愛し合うことができず
むごい別れに泣きながら生きているのかを知っているから
声には出せないで今日のように花びらに手紙を書きます
心はいつも菖蒲の葉みたいに音もなく揺れ
行きかう人に気づかれぬよう　また一日を過ごし
夕方ふりかえる時には抉《えぐ》られた胸に風が吹き込みます
情熱に燃えながら　あんなにもろい部分の多かったあなたの心も

こんな夕べには時おり風に乗ってこの地に来ているのでしょうか
暮れなずむ空の月のように私の所にやって来て
言葉もなく戻ってゆく
愛する人。

あなたは誰ですか

川に来いと言うから川に行きました
初めは何千の日差しを燦爛と輝かせていたのに
山の影にぜんぶ取りこんでしまって
風が指し示す　誰もいない川の果てまで来いとおっしゃる
あなたは誰ですか

森に来いと言うからあなたに会いに森へ行きました
会おうと言っていた所には　ゆらゆら揺れる木の影を代理で寄越し
いくつもの昼と夜を赤い木の葉と一緒に過ごさせる

あなたはどこにいるのですか

峠を越えろと言うから峠を越えました
峠のてっぺんに雁の群れを送りこんでおいて
そのうちの一羽に　しきりに後ろを振り向かせつつ
空の彼方に飛んでゆかせる意味は何ですか

私を寂しい小道からこの世の中に呼び出し
世間の大通りいっぱい押し寄せる人々の合間に
姿を現しては消え　浮かんでは潜む
あなたは誰ですか

傷と苦痛を先に下さいました　あなたは
傷を洗う一皿の塩と　がらんとした干潟を前にして
あなたは暗闇の中で　この世に意味もなくやって来る苦痛はないのだと
そう書き残し　何もおっしゃいませんでした

あなたは誰ですか
いま私は　虫の鳴く音にも揺れるかぼそい蝋燭の炎です
あなたが火をつけたので全身を燃やしていますが
私の小さな魂の一万八千倍もの暗闇を一緒に送った
あなたは誰なのです

遊び場

遊び場で連翹《れんぎょう》が濃い色の花をつけた
近所の子供たちはみな学校に行ってしまい
子供たちが描いて遊んでいた
石けりの線だけが地面に丸く残っている
その前に立ち　ぴょんと跳ぼうとして
はっとあたりを見回した
そしてぴょん　ぴょんぴょん　飛びはねた
連翹の花が頭を揺らし
きゃっきゃと笑って花びらを何枚か落とす

日差しが上の方の花びらから下の花びらのかたまりへ
するりと滑り落ちる
ここからたった五分歩けば
追い出された学校がある
この春が過ぎると戻れなくなってからちょうど八年だ
五分で行ける学校に

蔦《つた》

あれは壁
どうしようもない壁であると我々が感じる時
その時
蔦は黙ってその壁を上がる
一滴の水もなく一粒の種も生き残れない
あれは絶望の壁だと言う時
蔦はあわてず前に進む
短い距離も必ず何本かが一緒に手をつないで上がってゆく
絶望をすっかり青く覆いつくすまで

まさにその絶望をつかんで放さない
あれは越えることのできない壁だとうなだれている時
一枚の蔦の葉は蔦の葉数千枚を引き連れ
ついにその壁を越える

希望の外部はない

希望の外部はない
新しいものは常に古いものの内部で
芽吹く　凍って枯れて土色になった冬の葉っぱ
の中でニガナの新しい葉は育つ
希望もそのようにして苦い香りで
自分の内部で育つのだ　今
人間の顔をした希望はやって来る
最もたくさん悩んで最もたくさん戦った
膿んだ傷　その下で新しい皮膚ができるように

希望はおのずから亀裂の入る絶望の
その中で苦しみながら育つ
内部に絶望を抱いて転がれ
希望の外部はない

誰もいない教室

古くなって落ちてしまった天井に建物の骨組みが白く剥き出しになっていたあの教室がそれでも俺は好きだった図書室だとはいえきちんと閉まらない窓の隙間からそよ風が吹き抜けるほかはいつもがらんとしていたあの教室でつづりかたを習う子供たちと一緒に立派な人になることについて詩を書いたり『こいぬのうんち』やスー族の酋長のお話を配って読んだりした

授業のない時間俺はよくそこにひとり座っていたのだが雨がやんだ六月には向かいの林からカッコウがしっとりとした声だけを教室の前に投げつけてゆき落ち葉が窓をたたく音に驚いて窓を開けながら俺は恋しさを捨てきれていないいな

あと思い山の彼方に流れる雲を立ったままじっと眺める日もあった

子供たちも俺がそこにひとりでいることを知っているのか時々にこにこしながらやって来て尋ねもしない話をしてくれて他のクラスの誰それがうちのクラスのヒョニを好いているとそれとなく教えて自分達だけでけらけら笑ったり十五人の胸にはずむ希望を黒板いっぱいに書いたりもしたたまに誰が書いたのかすぐ分かりそうな字で先生のバカと書いてあるのを見てひとり笑ったこともある

寒くなっても手提げ鞄ほどの大きさのストーブそれも故障してうまくつかないやつが一つあるきりひんやりした教卓の横でミサのためのアダージオを聞いたりまだ志を捨てていない昔の友人たちの詩集を読んで凍えた胸が温まる時もあったし冷えた背中や曲がった手をもう片方の手でさすりながら詩を書いたり

もしたひと月以上も運動場の雪は溶けず歳月の中で失ったものを思うと胸の痛む時もあったがなぜ自分は冷たい風の吹く僻地の教室にひとりでいるのか問いはしなかったもう二度と訪れないかも知れない孤独な時間がただ好きだった

山景

一日中何も言わなかった
山もやはり何も語らなかった
黙って山の傍らにいるのが嫌《いや》ではなかった
山も俺がいることを厭《いと》わなかった
空は一日中すっきりと晴れていた
ときおり雲が浮かび鳥が飛んできたが
少しするとまた行ってしまった
俺に訪れた花びらや風もしばらくすると去ってしまった
谷川の水に草刈鎌《ホミ》を洗えば

手についた泥はひとりでに取れてしまった
前の山や裏の山の役には立たなかったけれど
空のもと　心置きなく一日が過ぎた

海印《かいいん》へ行く道*

華厳《けごん》**を出たもののまだ海印にまでは至っていない
海印に行く途中　水の音にひかれて
林の下の道に入ってみたら　木の葉と風の音だった
それでも草鞋を脱ぎ　風が木の葉と積み上げた重重縁起
その強靭な業《ごう》を解いたり結んだりする音に
足を浸して座っている
過去数十年　華厳の庭で木々と共に林の一部になり
精一杯に楽しく過ごしていたが
心身を病み　追われるごとく海印へ行くのだ

もともと海印から出発したのだから
帰り道にはなじみがある
海印が風波をおさめ
境界がなくなり無障無礙《むしょうむげ》になれば
再び華厳の林に帰ってくるつもりだ
そのとき華厳と海印の距離はごく近いだろう
いや本来　華厳に吹きすさぶ直前が海印なのだ
すっかり静まり　そこに未来の俺まで
海の水にすべて映った後に華厳だ
しかしまだ俺は海印にも至っていない
くたびれた肉体を頭陀袋の横に下ろし
海の影が映る空を見上げながら横たわっている

今は川床がむき出しになった流れのように索漠としているが
いつの日か海印の静かな庵のそばを流れ
華厳の海に入る日が来るだろう
その日を思いつつ　ゆっくり　ゆっくり　海印に向かう

＊海印：仏の知恵。宇宙のすべてを悟って知ること。法を観照することを、海が万象を映すことに例えていう。
＊＊華厳：さまざまな修行を経て万徳を積み徳果を荘厳にすること。

[redacted]

他人への話しかけ

殷熙耕《ウン・ヒギョン》

安宇植　訳

背後から他人に話しかけるとき、僕たちは名前を用いる。名前は、だから必要である。名前という共用語がなかったら、それぞれが異なる言語を持っているおびただしい他人の中で、彼または彼女自身が呼び止められたということを、どのようにして相手に気づかせることができるだろうか。ましてや、どのようにして相手の視線を自分のほうへ引き寄せることができるだろうか。初対面の人たちが関係を結ぶ最初の段階として、いの一番に踏もうとする順序が相手方に自分の名を告げることであるのも、すべからくそうした理由からである。それなのに、彼女はちょっと変わっている。他人を呼ぶとき誰もがそうしているように相手の名前を呼ぼうとはしないのである。そればかりではない。せめて自分が声をかけたいと願う相手に聞き分けることができるような、彼女なりの言語でもってでも声をかけようとはせずに、手前勝手に自分でこしらえたあだ名とか、自分にしかわからない言葉でもって声をかけるのである。背中を見せた相手には端《はな》から話しかけることを断念してしまう、僕みたいなものぐさな人間にはなかなか理解したがたいことだけれど、とにかく僕の見るところ、彼女にいつも不運がつきまとうのはまさしく、他人に接するときの彼女のその、奇妙な意思の疎通方法

に原因があるのではないかと思う。

僕は十月の晦日の戌《いぬ》の刻生まれで、星座はサソリ座である。けれどもそんなことに、僕の運命を決定づけてしまう格別の意味があるだろうとは思わない。四柱《サージュ》〔生まれた年・月・日・時刻の四つの干支で、吉凶禍福を占う資料になる〕や占星術などに、僕はこれといって関心はない。ただ、何らかの奇妙な出来事が生じたとき、それが僕にとってよいことなのか悪いことなのかを判断するために、その日の運勢を占ってみる癖はある。たとえば外出先から帰宅してみると、電話のベルの音が廊下にまで鳴り響いているような場合などである。大急ぎでかばんから玄関のドアのキーを探しだし、鍵穴に差し込んで回してドアを開けてから靴を脱ぎ、スリッパを突っかけて電話機が置かれている小さなテーブルの前へ急ぎ足で歩いて行くときまでは、しつこいくらい鳴り続けていた電話。ところが、やっとの思いで受話器を取り上げたとたんに切れてしまうことだってある。そんなときは、あんなに懸命に呼び立てたというのに、それでも僕との交信ができなかった相手は果たして誰だったのだろうかと、彼または彼女とのすれ違いになってしまった因縁について、しばし考えこむことになる。また、いまにも切られてしまいかねなかった電話の受話器を辛うじて取り上げて、「もしもし」という相手の声を耳にした瞬間は、こんなに切れそうで切れない因縁で結ばれた相手というのは誰だったのだろうかと、何がなし意味をおいてみたくなる。僕が自分の運勢を占ってみるのは、まさ

にそうしたときである。これほどのただならぬ因縁で結ばれて僕と疎通ができるくらいの人なのだから、もしも相手が歓迎すべき人だったら、今日の運勢はすべて吉である、けれども、自分の労苦に報いてくれないくだらない電話だったら、今日は何も言うことはない、日柄が悪かったといった具合に。

その日曜日にもそんな電話がかかってきた。僕は玄関のドアを開けっ放しにしたまま、息づかいも荒々しく受話器を取り上げながら、自分と切っても切れない因縁で結ばれている相手がツイているほうなのか、ツイていないほうなのかを占っていた。そうして、彼女が入院している病院からだということを聞くと何気なしに、本当に何気なしに窓の外へ顔をそむけたのである。空が青かった。

しばらく消息が途絶えていた彼女が病院に入院しているというのも藪から棒ではあったけれど、僕が呆気にとられたのはそれよりも、彼女がどうして、選《よ》りに選って僕への連絡を頼んだのか、合点がいかなかったからだった。僕からすれば、彼女とはまるきり近しい間柄ではなかったし、急を告げる状況のもとで連絡をつけなければならない格別の関係などでは、なおのことなかった。

僕が彼女と初めて会ったのは数年前のある日曜日、牛耳洞《ウイドン》の8番バスの終点でだった。社

内に登山の同好会が結成されてから、三回目だったか四回目だったかの集まりでのことである。高校時代に同じ山岳部に属していた、現在は広報室の朴《パク》課長代理が何度もやってきて、是非とも参加して欲しいと頼むものだから、そのつどたびたび断るのも面倒になってきて、仕方なしに参加した山歩きのパーティーだった。普段でも独りでいることを好むうえ、とりわけ山歩きでは同行者がいることを嫌っている僕が、そのパーティーに期待するものがあったとしたら、早くお開きになってくれることくらいなものであった。ところが、その日の僕の運勢はよくなかったらしかった。メンバーの一人の女性が集合時間を守らなかったものだから、十五、六人もの人たちがバスの停留所で全員、たばこを吸うとかガムを嚙むとかしながら、一時間以上も待たねばならなかったからである。僕自身はわりあいに、待ち合わせの時間をよく守るほうである。もとより他人に迷惑をかけるのが嫌いだったせいもあるけれど、何よりも好ましくない印象を残したくなかったからだ。僕は突飛な行動をとったりするのも大嫌いだった。それなので、端からその彼女を敬遠するつもりでいた。

ところが遅ればせに姿を現した彼女には、申し訳なく思う様子がこれっぽっちもなかった。土塀にもたれたり、廃棄処分のタイヤのうえにしゃがみ込んでいたりしていて、彼女の姿を発見すると、吸い殻をいくらか遠くまで乱暴に放り投げながら体を起こす人たちの身振りは、紛れもなく腹を立てているときのそれであったのに、かえって彼女が着こんでいたフード付

きジャンパーの色ほどにも、明るくて目映《まばゆ》いくらい笑って見せていた。

朴課長代理は呆れ返っていたけれど、山歩きの計画を順調に進行させるのが会長の責務であったから、「とにかく来てくれたのだからよかった。さっさと出発しましょうや」といって彼女の背中を押しながら、ことさらひと安心したふりをしてみせることで、パーティーのほかのメンバーたちの腹立ちを和らげることにつとめた。けれども、正式の会員ではない僕にだけは詫びておかねばと思ったのか、そばへぐっと近づいてきて歩きながら、あれやこれやとたわいのないお喋りをしてご機嫌をとるのだった。

「あの女のことだけど。前の月にわしらの部署へ異動してきたんだ。初めはみんな、あんぐり口を開けちまったさ。気さくなだけじゃない、顔つきだって可愛いほうだろう？」

僕は目を上げて、二、三人を間において先を行く彼女を眺めた。彼女は、彼女を待つ間ことさらに癇癪を起こしていた一人のＯＬの、朱紫色のジャンパーの袖を親しげにつかんで、いささか大げさにきゃっきゃとはしゃいでいた。彼女は、何事においても他人に先んじて考えを巡らすほど積極的なだけでなく、発想の面でも独創的で、たびたびユニークな提案を試みて、企画会議を楽しくしてくれたという朴課長代理の言葉が、耳もとに甦ってきた。そのとき彼女は顔を後ろに反らすようにして笑い転げていて、朱紫色のジャンパーの肩越しに何気なく僕のほうへ視線を向けた。目と目が合ったほんの一瞬の間に、どこかで見かけたよう

な人だという思いがした。開けているというよりは広げているといった感じのする、大きくて深みのある眼がそうだった。

「ところが近ごろじゃ、人気がぱっとしなくてね」

「なぜですか？」

「他人が望んでもいないお節介を焼いてくれるといって、かえってその当人を困難な立場に追いつめてしまうのがあの女の特技なんだ。頼んでもいないのにデスクの上を片づけてやるなんていって、起案書類を何べん屑籠に放り込んだかわかりゃしない」

「そうなんですか？」

「かくかくしかじかと的確な言い方はできないけど、なぜだか他人をうんざりさせてくれる女さ」

あんまり遅くなって出発したものだから、すっかり気が抜けてしまった山歩きだったけれど、それでも新たに結成された同好会のメンバーらしく、一行の全員が積極的に動きまわったおかげで、それなりに雰囲気は活気を帯びていった。山歩きを終えて居酒屋に陣どり、腰を据えたときは誰もがご機嫌だったし、命じられる仕事から久しぶりに解放されて、自らが願っていたことをやり終えたという満足感に、ビールのグラスをまわすピッチもますます早くなっていった。男たちはドンドン酒〔清酒を取る前の飯粒が浮かんでいる濁り酒〕を飲み、女た

ちのグラスにはビールがつがれた。彼女はかなりいける口らしかった。酒盛りの席はますます賑やかになっていった。どんな酒宴の席でもあってしかるべき、お互いの涙と鼻水にまみれた、感情の残りかすをやり取りし合いながら意気投合するかと思えば、にわかに刃物を抜いて手に握りしめ、せめて大根なり刻みかねないくらい意気軒昂として、次の瞬間、呆気ないくらい意気地がなくなって互いに抱き合い、仲間同士であることを確かめ合い、その悲哀に満ちた結束のために涙を流す儀式が、うんざりするくらい繰り返された。

彼女が席を立つ様子が目にとまった。彼女はいくらかふらふらした足取りでテーブルから離れて、靴を突っかけた。登山靴の蓋を開けてきちんとかかとまで入れて履くのが面倒だったのか、彼女は靴を突っかけておぼつかない格好でずるずると引きずって厨房のほうへ行くと、気前よくビールを五本も注文した。アジュマ〔仲居〕がすぐに厨房の奥から、ビール瓶が載っているずっしりと重いお盆を運んできて、近くのテーブルの上に置いた。こちらへください、あたしが運ぶから、彼女がそう言った。アイゴ、元気いっぱいの男の方たちだって多いのに、どうしてアガシ〔お嬢さん、娘さん、おねえさん〕が運ぼうとなさるんです。すると酔っていた彼女は、最小限の小声で話しているつもりでアジュマにこのように囁いたのだが、その声は携帯電話を手にして先方と話し合っている場合と同じく、自分だけに小さく聞こえる程度で、僕たちの席でもはっきりと聞き取れるくらい大きかった。

「あそこの柱のそばに、チェックの登山帽をかぶった男の人がいるでしょ？　あたし、あの人が好きなのよ。だからあの人の前へ自分で運んでいって、ビールを一杯ついであげたいと思ってそう言ってるの」

ところが彼女は、自分が好いているというチェックの登山帽をかぶった朴課長代理の前へ行って、ビールをついでやることができなかった。何歩か歩きだしたとたんに、右足の靴が左足で突っかけている登山靴のひもを踏みつけてよろけたと思ったら、とうとうお盆が傾きだし、ビール瓶ががらがらと床の上に転げ落ちてしまったのである。彼女の手から滑り落ちたアルマイトのお盆は、けたたましい轟音の振動に変わり、その音が消えるまで大きな円を描きながら大げさに身震いした。僕たち同好会のメンバーはもとより、ほかの席の客たちまでが一斉に彼女のほうを振り向いた。朴課長代理と朱紫色のジャンパーが急いで体を起こした。けれども彼女は、大丈夫よ、わたしなら大丈夫よ、と言いながら、深々と垂れた頭の上に手を挙げて、繰り返し振るばかりであった。気になさらないで、いいからお酒でも飲んで、とつとめて快活に言いながら、自分で瓶のかけらを拾い集めようとしゃがみ込んでいる彼女の様子に、僕は呆れ返ってしまった。

滑り落ちるビール瓶をあくまで落とすまいとお盆をしっかりとつかんだ瞬間、落ちて割れた瓶の口が彼女の伏せた顔をめがけて飛ぶのを、僕だけははっきりと見ていたのである。

何としても大丈夫だと言い張りながら、彼女は一人で洗面所のほうへ姿を消した。たまたますべての成り行きを目撃してしまったせいで、せめて僕だけでもついて行って見てやらないわけにいかなかった。洗面台の鏡の中に僕を発見した彼女は、うつむいていた顔を上げて僕のほうへ体を向けた。そうしてその瞬間、そもそもが場違いな、いくぶん媚びを含んだ声で、「あら、大丈夫だって言ったじゃないの」と言うのであった。指と指の付け根の間から、早くも鮮血が三筋も四筋も洩れてきている手で、片方の頬を隠したままである。その隠された頬は目もとから唇の横にかけて、斜めに裂けていた。ぱっくりと開いている傷口の中に血まみれのちっぽけなガラスの破片が、まるで危険と背中合わせの場所に潜んでいる逃亡者さながらに、体を小さくしたまま幽かに妖しげな光を放っていた。鮮血がちょっとした波状をつくりながら、なおも噴き出した。

そのとき不意に、僕がどこで彼女を見たのかを思い出した。

応急処置室で朴課長代理は彼女のかたわらにしっかり付き添って、きわめて誠実な保護者をもって任じていた。山歩きをしながら彼女のことを、いかにも不満ありげに語ったときとは大違いだった。当直の医師の、保護者は一人だけお入りください、という言葉を聞くが早いか弾かれたように立ち上がり、彼女に続いて処置室へ入って行きながら、あたかも競争で勝利でもしたように、しばらくは意気揚々とした表情をつくってみせたりした。けれどもそ

んなことは、僕の関心外だった。僕は、他人が僕の生き方に介入してくることに劣らず、僕が他人の生き方に介入させられることを煩わしく思ってきた。他人を理解するということはとどのつまり、その人に対する偏見をもつことになるという意味のはずだが、僕としては、僕に偏見をもっている人の期待に添うことが、ありきたりの煩わしいことではなかったからである。他人との関係でなすべきことというのは、彼が僕とどのように違うかを可及的すみやかに知って、受け容れることだけである。酒を飲まなかったという理由で人々から敬遠されたとはいえ、そんな僕が朴課長代理と連れだって病院まで彼女についてきたのは、とても合点のいかぬことだった。気に染まない席へ出かけたりすると、決まって気に染まない出来事に巻き込まれるということは、これまでにも何度か経験したはずではなかったか。

彼女は十三針縫った後で絆創膏を貼り、薬をもらった。朴課長代理が僕を片隅へ連れて行くと、病院の費用がかなりの額になったんだけど、彼女はバスのトークン〔乗車券の代わりに使用する代理硬貨〕を何枚かと、千ウォン札を三、四枚しか持ち合わせていないと言って、どうしよう、おれも家まで帰るタクシー代しかないんだけど、と告げた。財布を取り出しながら僕は考えた。運の悪いことというのは、いっぺん起きると後を引くものなのだ。

「どうします。それだけの怪我をしたんだ。一人で帰すわけにはいかないでしょうし、どのみち僕たちも帰るわけだから、どちらかと一緒に帰ったら宜しかろうと思うんですが……タ

クシーを先に拾った人と、一緒に乗っていったらどうでしょうかね」

「すると、お二人のうちのどちらが先にタクシーを拾うかによって、あたしの運命が決まるということなのね？」

いうまでもなくタクシーを先に拾ったのは朴課長代理のほうだった。僕の意志とはまったく関わりなしに、僕が嫉妬に燃える男という役回りを与えられたおかげで、突如として結束力が強くなった彼らは、何事にも積極的な人間がタクシーを先に拾うのが道理だという至極当然の事実を、まるで自分たちに与えられた祝福された運命か何かのように勝手に解釈して、仲むつまじく消えていった。

帰宅するタクシーの中で、僕は一人の女のことを思いだしていた。筒状のガラス越しに外の様子が残らず見わたせる、カフェーでのことだった。女はぽっちゃりした顔をしていて、可愛らしかった。二重《ふたえ》がはっきり見てとれる目には、感情の豊かな、いかにも乙女らしい華やいだものが感じられたけれど、女はその目を上げてちょくちょく窓の外を見まわしていた。女はハンドバッグからコンパクトを取りだして開けては、数え切れぬくらい小さな手鏡をのぞき込んだ。そして、パフで軽く顔をたたいてみるかと思えば、リップスティックを取りだして唇の線を描き直したりした。やがて顔をあちこちに動かして鏡の中の自分の顔を確かめると、これでよしというように、ぱちんと音を立ててコンパクトの蓋をしめ、またしても

窓の外を眺めるかと思っていると、いくらも経たぬうちに安心できないという顔つきになり、またしてもコンパクトを取りだすのだった。とにかく僕が、映画の上映時間を待つために一人でそのカフェーに腰をかけ、二通りの新聞の隅々にまで目を通している間、彼女はひっきりなしに小さな手鏡と窓の外を眺めることを繰り返した。そして、手鏡をのぞき込もうと窓の外を眺めようと彼女のすることはただ一つ、首を長くして待ち人を待つことだった。読んでいた新聞から時たま顔を上げるたびにぶつかる彼女の、待ち人を待ちわびる時間があまりにも長ったらしく、かつまた彼女の姿が切々として見えたので、にもかかわらずまったく疲れを忘れさせる甘い想像が期待されるように思われたので、ドアが開くたびに入り口のほうへ視線を向ける速さにおいて、いつの間にか僕も彼女とほとんど速度が一致していた。

彼女の待ち人が来たのは、それからもしばらく経ってからだった。何故か彼はくたびれきった顔つきをしていた。女がいかにもうれしそうな表情で見つめているというのに、彼は視線をくれようともしないまま、かなり重そうに見える尻をソファーに深々と沈めたかと思うと、次の瞬間、ひどく大切なことをうっかり忘れるところだったというように、片方の腕をソファーの肘掛けに載せたままの姿勢で尻の片方だけをちょっともたげると、ズボンの後ろのポケットからくるくると丸まっている雑誌を抜き取って、テーブルの上に置いた。そうして頭を下げて、女のしゃべる声が、髪の毛に薄く覆われている脳天の上のほうへ流れていく

ような姿勢になると、くるくる丸まっている雑誌の表紙を手のひらでおもむろに伸ばして広げた。厚ぼったい唇を苛立たしげに結んでいる様子から見て、一時間以上も待ち続けた女にせめて言い訳でも一言すべきだという、常識的な考えは思い浮かばないらしかった。

男を待っていたので食事ができなかった女は、自分だけ昼食を取り、男はコーヒーだけ一杯飲んだ。コーヒーをすっかり飲み終えて男はポケットを探ると、彼のポケットからでてくるのにふさわしい爪楊枝を一本取り出して、歯の間に挟んだまま相変わらず雑誌ばかり読んでいた。とうとう怒りをこらえきれなくなった女が、ほとんど原形のままにあるオムライスの皿の上に、音を立ててフォークを投げ出した。それでも男は、女のほうを向こうとはしなかった。テーブルの上のフォークと皿がぶつかって音を立てた。うつむいている様子を見ると、女は泣いているらしかった。男はいっぺんちらりと目をやるだけだったから、雑誌を読むのにはまったく差し障りがなかった。涙を流しても男の視線を引きつけることができなかった女は、およそ五分ほど肩を波打たせてすすり泣き、ハンドバッグと外出着とを一つ一つ手にとった。その手の動きときたら、譬えようもなくのろのろしていた。ところがそれよりもさらに、男のページをめくる速度のほうがずっと遅かった。前に結んで垂らしていたスカーフを解き、後ろにまわしてふたたび結び終えたので、席を立って帰り仕度を整えるのにもうそれ以上することがなくなった女は、仕方なしに席を立った。気の進まない一歩をとても

ゆっくりと踏み出した女の足取りはしかし、入り口のドアに近づくにつれて絶望の加速度が加わり、ますます歩幅が狭くなってきた。結局、女がドアを開けて出て行く動作は、彼女の悲痛な思いを反映して荒々しいものとならざるを得なかった。

雑誌を読む速度がひどくのろのろしていた男は、女の姿がドアの外に消えてすっかり見えなくなってからようやく、それまで顔を突っ込んで読んでいたページから目を離すと、次のページを開いた。ページを移す前にしばし幕間を利用するといった格好で、目の前の席に視線を向けた男は、女の姿が見あたらないのを見てからふたたび、新しいページの上部にそのまま視線を落とした。男が雑誌の内容に本当に興味を持っていたのかどうか、僕は確かなことはいえないけれどかなり疑問に思っている。それというのも、ほどなくして男は例のごとく雑誌に顔を突っ込んだまま、手を伸ばして習慣のようにコーヒーカップをとって口もとへ持っていくと、カップが冷たくさめてしまっていることに気がついて、不意に夢から覚めた人のようにきょとんとした顔つきになってぐるりを見回したのだが、その目をいまのいままで雑誌を読んでいた人のそれとするには、いささか度が過ぎるくらい倦怠感に満ち満ちていたからである。

男のそうした動きのすべてを、女は窓の外に立って一つ一つ眺めていた。ひょっとしたら遅ればせにでも女の後を追っていって、なだめてから連れ戻して来るのではなかろうかとい

う淡い期待から、そのときまで辛抱強く男の動きを注視していた僕が、人間の善意へのつかの間の信頼感を放棄して、たばこの箱から最後のマルボロを抜き取り、火をつけようと窓のほうへ顔を向けたときだった。

男を眺めて立っていたけれど、その実彼女の視線は、何も捉えていないように見えた。何故かというと、女の目は見開いているというよりも、暗くて底なしの穴のように広がっていたばかりか、その穴の奥はがらんどうだったからである。

例の病院の件があってからというもの、僕は山岳同好会の集まりにはまったく参加しなかった。社内で出くわすことは一度もなかったけれど、エレベーターのそばの掲示板を通して、あれから何カ月もしないうちに彼女が会社を辞めたことを知っていたし、しばらくして担当部署の会食の席で、彼女と朴課長代理が不倫の関係にあったのだけれど、結局は別れたという後日談を聞かされたこともあった。けれどもそれきりで、いくらも経たぬうちに僕は彼女の存在を忘れてしまった。もしも彼女が数カ月後に、自分のほうから僕を訪ねてこなかったら、彼女を思い出すことさえなかっただろう。

彼女が訪ねてきたのはお昼時間が終わったばかりのときだった。来客が待っているというメモを見てロビーへ降りていった僕は、しばらく辺りをきょろきょろと見まわした。長いブーツを履いて、髪の毛をワインカラーに染め上げた女が立ってはいたけれど、まるきり見知

った顔ではなかったからである。ところがロビーには、彼女一人しか見あたらなかったので、僕は彼女に近づいていって、もしかしたら僕を訪ねてきたのではないかと、話しかけてみた。すると彼女は、くすっと吹きだした。僕がきょろきょろと見まわしている間、僕を眺めながらじっと堪えていたらしく、女の笑い声は度外れに甲高かった。笑い声がちょっと鎮まると、あたしよ、あたし、と言いながら濃い色のマニキュアをほどこした爪で指さす左の頬の顎の近くには、小さなさそりの入れ墨をしたような傷痕があった。

「前の会社へ電話をかけたら、ここの電話番号を教えてくれたんだけど、いつごろ移ってきたの？」

彼女は僕に、目下の者に対するような言葉遣いでそう言った。

「いまでもシングルなの？　以前は江南区の瑞草洞にあるオフィステル〔オフィス＋ホテルから来た造語で住居とオフィスを兼ねたマンションのようなもの〕に住んでるって言ってたじゃないの」

なおのこと気に入らなかったのは、彼女が僕に関するあらゆることを知っているという点だった。滅多なことでは私的な事情を打ち明けたりすることがない僕としては、そのとき彼女が知っていたことが、他人に提供できる僕に関する情報のすべてに該当したのである。僕には彼女が鬱陶しかった。ましてやその日は、担当部署内での座席の移動までが予定されていたので、かなり忙しい日だった。どんな方法で彼女に退散してもらおうかと思案しながら、

僕は彼女の出現がよくない運勢の前触れではないことを願う気持ちで、早くから苛立っていた。ところが、忙しい身だと突き放して言う僕に彼女は、せっかく来たのだから待つことにするわと言い張ったし、担当部署全体がデスクを持ち運ぶなどして移動をしなければならないので、それがいつ頃終わるやらわからないという僕の言葉にかえって喜んで、そういう仕事なら自分も手伝いたいなどと言いだすありさまだった。しばしば彼女は奇抜なアイデアを思いつくと言っていた朴課長代理の言葉は正しかった。彼女は僕についてエレベーターに乗り込んだ。僕は彼女が自分から待ちくたびれて帰っていくようにするためには、彼女のことなど知らないふりをしているしかないと思った。

とうとうオフィスまでついてきた彼女は、片隅にあるソファーに腰を下ろすとさまざまな印刷物を引っかき回し始めたが、それらの内容を暗記してからもなお余るくらい十分な時間が流れたというのに、依然として興味を失くしていなかった。そうかと思えばときには、ソファーのそばにおいてある大きな観葉植物の葉をいじくりまわしてみたり、廊下へ出て一度ずつ窓の外を眺めてみるといった具合に変化を与えながら、人を待つ要領を完全に体得した人のみぞ知る境地を誇示した。やれデスク配置を変えてみる、椅子や書棚や書類ケースやファイルボックスなどを移動する、電話線とコンピューターの線を新たにつなぐなどの作業で、オフィス中の誰も彼もがてんやわんやの大騒ぎをしているのに、びくともしなかったこと

はいうまでもなく、しばらく作業に没頭していてふとわれに返り、「まさかまだいるなんて、もう帰ったに違いない」と思って彼女がいた辺りを眺めると、長い間僕を眺めていたのか、すかさず僕に向かってにっこりと笑ってみせ、片方の手を高々と挙げて指先をひらひらさせながら、自分がそこにいることを証明してみせる演技を何度も繰り返した。

結局僕は、彼女と向き合って席をともにすることになった。腰を落ち着けてよくよく見ると、彼女はひどく面やつれしていた。コーヒーがすっかり冷えてしまうまで一口もカップに口をつけようとはしないで、彼女はあれやこれやと取り留めのないことばかりを並べ立てた。おしゃべりが長くなればなるほど、彼女がなぜ僕を訪ねてきたのか、かえってますます用向きへの想像がつかなくなった。用向きを先に訊ねたほうが、その用向きの不利な側面を引き受けざるを得なくなるという思いがしないではなかったけれど、僕はなぜ訪ねてきたのかを訊いてみないではいられなかった。意外なことに彼女の返答ははっきりしていた。

「産婦人科へ一緒に行ってもらいたいと思って」

その言葉が何を意味しているのか推し量る余裕も与えず、彼女は素早く付け加えた。

「それからあたし、お金もないの」

そう言うとにわかに彼女は、さらに早口で言い訳めいたことをごちゃごちゃと並べ立て始めた。

「あの日はごめんね。けど、仕方なかったのよ。朴課長代理が先にタクシーを拾っちゃったんだもの、どうしようもないでしょ。本当はあたしだって朴課長代理より……」

呆れたことに彼女はこのくだりで、顔までちょっと赤らめていた。

僕はカップを手にとって、コーヒーを一口飲んだ。人を待ち続ける妙技を発揮してくれたことだけでも、彼女はお金を手に入れるための代償をある程度は支払ったのではなかろうかというのが、僕の判断であった。僕は決して寛大なほうではないけれど、人間は何かを必要としたとき、その切迫感が相当に無様なポーズをとるよう要求するということに羞恥心を覚えるくらいには、人間の尊厳を守ってやりたいほうであった。僕が財布を取りだして彼女を安心させる意味で、コーヒーでもお飲みよと勧めると、彼女は聞き分けのよい子どものようにおとなしく僕からお金を受け取りながら、じきに手術を受けなくてはならないので何も飲むわけにはいかないと、しとやかに答えた。僕はカップの残りのコーヒーをすっかり飲み干すと、席を立った。すると彼女が叫んだ。

「お金をくれるだけ？　病院へは一緒に行ってくれないの？」

ほとんど泣き叫ぶようなその声を聞いて僕は、僕が聞き間違えたのかと思った。けれども、彼女がなおも、保護者が同行して手術に同意する書類にサインしなければならないとか、おまけに、自分は手術が初めてなのでとても怖いのとか、駄々をこねられている相手は紛れも

なく僕だった。カフェーに居合わせた客たちが一斉に僕たち、すなわち女に子を孕ませておきながら、手術の費用だけを放り投げて行ってしまおうとする破廉恥な男と、その男の心変わりがつれなくて泣いている気の毒な女といった格好の僕たちを眺めていた。僕はそんな男にそれこそ似つかわしいと思われる冷やかな薄笑いを浮かべたまま、カフェーを出てきてしまった。

彼女から電話がかかってきたのは、また何カ月か後だった気がする。こんども僕は、彼女だということがすぐにはわからなかった。声も聞き慣れないものだったけれど、何よりも僕に電話をかけてくる女友達として、彼女の存在が頭の中にインプットされていなかったためであった。

「あたしよ。あれから電話だって一度もかけなくてごめんね、気にしてたんじゃないの?」

「……」

「手術はね、中絶手術はね、思ってたより簡単だったわ」

ようやく相手が誰かを知ることになった僕は、顔をしかめた。

「こないだもいっぺん、電話をしたのよ。銀行の保証人になってくれる人がいなくてさ、それで電話をかけたのよ。けど、席にいなかったわ」

「……」

「ねえ、聞いてるの？」

「……今日はどうして電話をかけてきたの？」

僕自身が聞いても僕の声は、冬の深夜に分厚い氷の板が裂けるような音だった。

「それが、昨日……」

彼女がちょっと言葉を切って唾を飲み込む音を聞きながら、こんどはまたどんな妙技が披露されるのやらわからないけれど、防御態勢を整えたいという心づもりから、右手にもっていた受話器を左手に持ち替えた。

「昨日、母が亡くなったの」

彼女の声はかすかに震えていた。

「母とあたしの二人暮らしだったんだけど、これであたし、本当に独りぼっちだわ。寂しいし、怖いし……父があたしたちを棄てて蒸発してしまったときは、それでもそばに母がいたんだけど……こうして最後に、母からさえも見捨てられた気分だわ。だから、ただ、電話をかけてみたの。ただ、せめて声だけでも聞きたくて」

電話はそこまでで突然切れた。せっかく左手に持ち替えた受話器をふたたび右手に移しながら、もうちょっと耳を近づけてみたけれど、受話器の中からはぴーぴーという機械音しか聞こえてこなかった。

その日、僕は重要なプレゼンテーションに失敗した。三カ所もある会社の近所の銀行の現金自動支払機はどれもすべて故障していたし、夕暮れ時に地下食堂街で食べたユッケジャン〔煮込んだ牛肉を細かく裂いて味付けしてから、刻みネギや粉トウガラシなどの薬味をたっぷり加えて辛くしたスープ〕の中の八重なりのモヤシは、饐《す》えていた。さんざんな目に遭わされた一日だった。

明くる年に僕はもう一度職場を移した。給料も増えたし、職階も昇級した。オーディオのアンプをマランツに換え、健康診断で肝臓が少し悪くなったといわれて、たばこをマルボロからマイルドセブンに変えたこと、それからふた月前から毎朝、室内スポーツセンターで水泳を始めたことが、また別の変化といえばいえた。だしぬけの出張命令のせいで、レニングラード・フィルハーモニー・オーケストラの来韓公演のR席のチケットをふいにしたこと、マンションの階下の部屋の水道の配水管が詰まったものだから、わが家にまでバスルームの水が逆流してきて、キスリングの画集をすっかり水浸しにしてしまったことなど、幾つかを除いてはあらゆることが大体において単調であった。単調であることこそ僕が願っている最上の暮らしだった。

彼女にふたたび会うというのは、思ってもみなかったことだった。こんどは彼女のほうもやはり、意図していたわけではなかった。何故かというと、強いて僕の前に現れる理由がなかったのは、新しい恋愛に首までどっぷりと浸かっていたからである。セーラー服を連想

させる襟幅の広いブラウスを着て、襞の入ったスカートを穿いていた。退廃的に見えた髪型をいつの間にか左右の耳の下で二つに分けて編み、長く伸ばして肩から下げた髪型からして、年齢にふさわしからぬ文学少女趣味をたっぷりと漂わせた姿であった。彼女が愛に溺れていた相手というのは、新聞社が主催している文化センターの文学講座の講師だった。新聞社の建物の前にあるコーヒーショップで、僕が友人の記事の締め切りが終わるのを待っていたように、彼女もやはり恋人の講義が終わるのを待ちかねているところだった。彼女はとても我慢していられないというように、新しい恋人の自慢話を並べ立て始めた。

ふた月前、彼女は心に期することがあって文化センターへの受講登録をしに来たのだが、自分が希望していた講座はすでに受講生が定員オーバーしていた。折よくオフィスに現れた一人の親切な男に巡り合うことができなかったら、そのまますごすごと帰宅したはずである。その親切な男がほかならぬ、これから聴講する文学講座の講師だったと知って、彼女はたちまち愛に溺れていった。

「あの人ったらあたしに、ちょくちょく本を貸してくれるのよ。自分が読んでためになった本だと必ず、あたしにも読ませなくちゃと思うみたいなの。お互いに愛し合うとそんなふうに、どんなことだってすべてを共有したくなるものじゃない」

彼女は男が貸してくれる本を読むことよりは、その本の中に男の痕跡を見つけだすことに、

より熱心らしかった。本のページの間に落ちている髪の毛や、唾液のついた跡は言うに及ばず、男がアンダーラインを引いた場所、読みさしてしばし折り曲げてある場所などを注意深く調べるかと思えば、とりわけ何度も丹念に読んだ箇所がどこかと、本の底部のひどく汚れている部分までいちいち調べていると語った。彼女はこのようにして分析した結果を、僕に打ち明けてくれさえした。

「あの人はもっぱら、小説をたくさん読むの。セックスの場面でいっぺんもページが折り曲げられていることがないのを見ると、そういうところでは絶対に本を伏せたりしないんだわ。講義の時間にもそんなことを言ってたけれど、あの人は虚偽意識のようなものが嫌いだし、性を抑圧することは正しくないと思ってるんだわ」

彼女の分析によるならばその彼はリベラルであるばかりでなく、知的で感受性がずば抜けている男だった。背広をちょくちょく着ている大部分の男というのは、背広についているあのたくさんのポケットを余計なものだと思い、ワイシャツの胸のポケットにたばこをしまうのに反して、彼には背広の内側の小さなポケットにたばこをしまう習慣があった。平凡なことと常識的なことを拒絶する男だからである。それから、頻繁に使用するペンは黒のプラスペンだが、文章がうまくつながっていかないたびにペンの尻をくちゃくちゃと噛む癖があって、彼女によればそれは、愛に飢えている端的な証拠だった。奥さんとの間がうまくいって

いないからだろうと、彼女はきっぱりとした口調で言った。

「結婚している男なの？」

僕が訊ねると、彼女は大して重要ではない質問に長々と答える時間などないというように、すぐに別の話題に移っていった。しかもそれは、何と男の妻の品定めだった。

「あの人のワイシャツの袖なんか見たら垢じみていて、手揉みで洗濯したものなんかじゃないわ。無知もいいとこで、洗濯機にたっぷりと洗剤を入れて、ざっと汚れを洗い落としたに違いないんだもの。それでもアイロン掛けはしっかりできているのを見ると、まんざら怠け者ではないみたいね。もっとも、間違いなくブスに決まってるのに、そのうえ怠け者だったりしたんじゃ、救いがないわねえ。いくらあの人みたいに高邁な人格者で辛抱強い性格の人だって、そんな人と十年以上も一緒に暮らしていられるかしら？」

彼女には男のために、することがたくさんあった。男の講義がある日はいつもここで男を待っていたし、先週は講義を終えた男が空腹を訴えるのを見て深く反省し、今日はこうしてサンドイッチをこしらえてきたのと言って、隣りの椅子の上の大きなカバンをぽんぽんと叩いてみせたりした。男が希望していることではなくて、希望するかもしれないと思われることを、先走ってしてまわっているわけだった。

彼女は男の、女性に対する好みまですっかり調査済みだと語った。午前中は晴れ上がって

いたのに、午後も遅くなってにわか雨に降られる日でも、男があらかじめ傘の支度をしてくることに目をつけて、その日からテレビで天気予報を担当している女性アナウンサーを残らずチェックし始めたのだが、果たせるかな翌週のウイークデーに、それらのアナウンサーのうちの一人が語ったお天気に関する冗談を、講義の時間に男がそっくりそのまま真似ていたというのである。その日以来、その女性アナウンサーの口ぶりや化粧の仕方を、集中的に研究しているという彼女の表情は、得意満面だった。一人で得意になってはしゃぐものだから、僕は彼女の話が理屈に合っているのか、それとも合っていないのかを判断するために、休止符をうつ若干の休息時間さえもらえないでいた。待ちかねていた友人がコーヒーショップの入り口に姿を現したのを見て、ようやく僕は彼女の話を中断させることができた。

僕が席を立つと、彼女は僕の上衣の袖をつかんだ。上を見上げる大きな目というのはともかく悲しげに見えやすいうえ、彼女の真剣な表情がいかにもそれらしく見えたので、すんでのことで彼女が僕と近しい人のように感じてしまうところだった。

「コーヒー代はあたしが払うから、そのまま行って」

眺めてばかりいる僕に彼女は、「あたしお金、たくさんあるの」と言うと、信じられなければ仕方がないわというように、ことさらに快活な身振りでカバンのジッパーを開けると、その中から財布をとりだして振ってみせた。ところがいささか大げさに振ったものだから、

財布の中からテレフォンカードが一枚落ちてきた。不可解なことに、それを見て彼女はかなり狼狽する様子だった。慌ててそのカードを拾い上げて元へ戻そうとして二つ折りの財布を開いたとき、僕は彼女の財布の中に、四、五枚はたっぷりありそうに見える、テレフォンカードの束ねたものを発見した。

「あの人に電話をかけるときに使おうと、通話中に切れたりするのが嫌なので十分に、何枚も持ち歩いてるの」

彼女が言い訳をした。

「住まいは市外にあるみたいね？」

彼女は突然きょとんとした顔つきで、僕をまじまじと見つめた。

「知らないわ」

「知らないって？」

「まだ電話番号を知らないの」

「だったら……」

「そうじゃないの！　一緒に寝たことはあるのよ」

彼女があんまりはっきりと発音したので、その言葉はまるで当然果たすべき義務は果たしたという意味に聞こえた。順序にしたがって自分の前へ近づいてきたに過ぎない検札車掌に、

無賃乗車ではないと自分勝手にむかっ腹をたてている、列車の乗客のようでもあった。遠いところに見える明かりをめざして、体中に生傷ができているのに、夜っぴて山道をたどっていく旅人がいるとしたら、その瞬間の彼女のような表情をしているような気がする。死力を尽くして明かりをめざして歩いている切実な希望、あの明かりは虚像ではなかろうかという思いがときどき鎌首をもたげるけれど、夜道における不安というのは、とりもなおさず絶望を意味していることを知っているので、その旅人の表情は何よりも、自分を信じなければならないという必死のあがきから、きっぱりとした物言いになるしかないだろう。それが、僕が見た彼女の最後の姿だった。

意識しようと意識しまいと、時計というのは一日とか一週間とか、あるいはひと月とかを単位として一区切りずつ休みなしに流れていく。僕は相変わらず、僕が望んでいる単調さの中で、それなりに元気で過ごしている。時たま孤独感に似た気分になるときもあったけれど、それはスポーツセンターの青いプールの中へ飛び込んでいくとか、マーラーのシンフォニーを聴くとか、あるいは翌日どんな後味の悪さも残さない、そんじょそこらの女友達と一夜を過ごす程度で、難なく解消することができた。時たま彼女を思い出すことはあった。たばこを取りだしながら、ふと僕の手がワイシャツの胸のポケットにあることに気づいたときとか、ごく稀に。そうそう、僕はまたたばこをマルボロに変えた。マルボロからマイルドセブンに、

僕はそしてまたマルボロに。他人の目から見たら大した変化ではないかもしれないけれど、僕はそれを、ちょっとした思いつきで僕の単調さをより豊かにしてくれることもあり得る、素晴らしい決定だったと思っている。

何日か前、僕は朝の早い時間に楽園商店街の前を通り過ぎたことがあった。訪ねていこうとしている取引先の正確な位置がわからなかったので、僕は運転してきた車を歩道のほうへぴたりと寄せると、アクセルをゆっくりと踏みながらたくさんの看板を見まわしていた。信号待ちに引っかかって、横断歩道の前で車を一時停止していたときである。道路脇の自動販売機の前に立っている一人の女の姿が、何気なしに目に飛び込んできた。どうやら、路地の奥のどこかの安っぽい旅館で一夜を過ごして出てきたらしかった。女は前方を見ていたけれど、実際には何も見ていないようだった。信号の色が青なのに横断歩道を渡っていこうとはせず、ぼんやりと突っ立っているところを見ると。だぶだぶのスカートの上にかぶさっている半袖シャツの下のほうのボタンが取れてしまい、シャツの裾がおへその辺りまで開いているのに。そうした着こなしや両脚を広げて立っている、およそ慎ましさとは縁遠い身だしなみなどから、まるきり無神経で鈍感に見える女だった。昨夜あの女の体をまさぐったはずの男にしても、おそらく切実な思いや暖かさとはまったく無関係の、いうなれば相方があの女ではなくてもいっこうに差し支えない、その種の排泄に近い情事が行われたのだろうという

推測は、難しいことでなかった。ちょっと強めの風が吹きつける日和だったので、ボタンの取れた女の半袖シャツの裾がしきりとまくられるものだから、自分が踏みつけて立っているティッシュペーパーの切れ端ほどにももみくちゃにされ、くたびれきった様子の女はのろのろと片手を挙げて、半袖シャツの裾の風にまくられる部分をつかんだ。やがてにわかに、女は自分の手を見下ろした。指に白っぽいティッシュペーパーの切れ端が乾いてこびりついていた。爪で引っ掻いてみようとしたけれど、昨夜の愛情に欠ける男の精液で接着されたその紙切れは、なかなか取れてはくれなかった。女は指を口もとへ持っていくと、紙切れがこびりついている指をまるでトウモロコシにでもかじりつくように、白い歯をむき出して掻きむしり始めた。誰かが見つめている視線を感じたのか、歯茎をむき出したままの姿勢で不意に僕のほうへ体を向けたのだが、車をスタートさせながら正面から眺めたら、どこかで見たようでもある女だった。

その日も運勢はよくなかった。結局は取引先の所在地を見つけだせなくて、電話で二度も問い合わせなければならなかったし、やっとのことで訪ね当てて行ってみると、約束した相手はすでに席を離れた後だった。先方のオフィスを出てくると、僕がサイドブレーキをかけたまま車を止めておいたためか、何者かがタイヤをパンクさせることで腹いせをしているかと思えば、オフィスへ戻ってみると、僕が席を空けている間に新しく入社したコピーライタ

ーの一人が、僕のコンピューターを使って作業をしていて、ファイルを一つまるきり使い物にならなくしてしまった。

僕はたばこの火を消して着替えた。ともあれ彼女が、こうして病院というただならぬ場所へ呼びだすのを最後にして、これっきり僕を煩わせないで欲しいものだと思った。車のエンジンをかけてラジオのスイッチを入れた。女性キャスターの声は柔らかで滑らかなあまり、片方の耳から入って別の耳から出ていってしまうし、招かれた男性出演者の声は専門性と自信に満ちあふれていて、がんがん響いた。女性キャスターは、韓国では交通事故による死亡率が世界で一位だと告げるときは、すこぶる沈痛な口ぶりであったのに、すぐ次の瞬間、「幸いにも今日の交通事故による死亡者は十一名にしかなっていません。先生、本当に幸いなことでしたね？」と語るときは素早く、いかにもうれしそうな口調にイントネーションを変化させた。僕は「幸せ」という言葉について、しばらく考えてみた。一体、誰にとって幸せだと言っているのだろうか。

折よく彼女が首を右にかしげたまま眠っていたおかげで、僕は左の頬の傷痕を見て、六人用の病室でもたやすく彼女を見つけることができた。彼女のベッドの周りには水差し一つ見あたらなくて、寒々としていた。彼女が目を覚ました。

「来てくれると思ってたわ」

僕は誰かが、僕を懐かしんでくれることが大嫌いだった。その懐かしんでくれる行為に値することをしなければならないのが煩わしく、負担になるからである。そこでいつも、かえって相手を失望させるほうを選んだりしてきたものだから、彼女に向かって吐きだした言葉もやはり、ぶっきらぼうになるよりほかはなかった。

「交通事故に遭ったというから入院費のことではないだろうし、どうして僕なんかに連絡したの？」

彼女は元気がないながらも、ちょっと声に出して笑った。

「あんたがそばにいてくれたらと思って」

「よく言うじゃないか？」

「だって、前にもそう言ったじゃない。あたし、手術が怖いって」

「怖いから僕を呼びつけたっていうの？」

僕はこの病室へ足を踏み入れたことを、すでに後悔していた。

「痛いかと思って怖がってるんじゃないの。あたしったら……目を覚ますことが怖いのよ」

彼女は虚ろな目で天井を見上げた。

「麻酔から覚めるときの感じって、わかる？　どこからか幽かに音が聞こえてくるのよ。機

械の音でなければ、足音、ドアの音、人の声……そのうちある一つの音を聞きつけて、ひょっこりと意識が戻ってくるのよ。そのときってもの凄く怖いの。何ていうか、まるで見ず知らずの世界へ、たったいま生まれてきたみたいなの。考えてもみてよ。まるきり見ず知らずの世界なんだよ。まだ完全には麻酔が覚めなくて、全身を雁字《がんじ》搦《がら》めにされているみたいに身じろぎもできないっていうのに、看護婦たちはその見ず知らずの世界に似つかわしい、とても馴染みの薄い思いやりのない声で、自分たち同士で無駄口をたたきながら、お休みの日どりなんか調整しちゃってるの。気が狂うくらい痛んだって構わないから、早く麻酔から覚めるようにしてくれって叫びたいのに、あたし一人声が出てこないのよ。実際にあたしったら……」

つとめて話を途切らせまいとする彼女の声は、震えてきた。

「今朝もそうだったの。毎日、目を覚ます瞬間が怖いのよ」

そう言うとにわかに、彼女はへらへら笑いだした。

「だから、誰かがそばにいてくれたらって思うの。もしもあたしが結婚するとしたら……」

とたんについ今し方までの切迫感などは跡形もなく消え失せ、彼女の笑みにはいつかみたいに、こんな状況ではまったくのところ愚にもつかない媚びが含まれていた。僕は何故とはなしに、彼女の次の言葉が間違いなく僕には、好ましくないものだろうという不吉な予感が

した。彼女はとうとう、こんなふうに言葉を結んだ。

「その相手は、あんたのはずよ」

病室を出ようとした僕は運悪く、リンゲル液の入った容器を差し替えにきた看護婦と鉢合わせてしまった。看護婦は僕と彼女の顔を代わる代わる眺めながら、彼女の怪我の状態について望んでもいない説明をくどくどと始めた。靱帯が切れて膝の骨が砕けてはいるけれど、三カ月ほどすればギプスも取れるだろうし、松葉杖からも解放されるだろうと言ってから、交通事故を担当している課の職員にもいっぺん会ってみるがよかろうと、親切に教えてくれたりした。看護婦はついさっきのラジオの女性キャスターみたいに、「この程度で済んで幸いでした」という言葉を何度も繰り返した。さっきから僕の脳裡にいっぱい詰まっていた、どうして僕がここに来ているのか、僕自身への疑懼《ぎく》の念と後悔を、さらにつよいものにつくり変えながら。

僕の背中に向かって彼女が言った。

「明日また来てくれるわね？」

「何だって？」

僕の声には十分刺々しいものが混じっていたのに、お構いなしに、彼女は明朗だった。むしろ僕の表情が険しくなるほうが、かえって彼女をますます愉しませてでもくれるかのよう

に、彼女はけらけらと笑った。

「あのときのことだけどさ」

彼女の黒い瞳がますます広がっていた。

「あのとき、産婦人科へついていって欲しいって訪ねていったとき、どうして是非ともあんたじゃなくちゃいけなかったのか、わかる？」

「どうして僕だったの？」

「あんたが親切な人じゃないみたいだったから」

「……」

「断られても傷つくことはないような気がしたのよ」

たばこを取りだそうとポケットを探っていて、僕は彼女が見事に観察していたように、ほとんどの男たちがワイシャツの胸のポケットに、たばこを入れていることを悟った。

「それから、もしも病院へついていってくれたとしても、あんたにだったらお世話になったという感じが少なくて済むだろうと思ったの。他人の秘密を知ってしまった後で共有することになる、どうすることもできない情のようなもの、そんなものを分かち合うことがないくらい、冷たく見えたからだわ」

「……」

「あたしはあんたが好きよ。何も期待させないようにしてしまう、その冷静なところが。そのほうがとても気楽なの。あんたとはどこかがおかしくなっても、何故だかあたしの責任ではないような感じがするんだもの」

火をつけかけて、僕はふとここが病室の中だということを思い出して、たばこを元通り箱の中へ差し戻した。

「あんたに訊いてみたいことがあるの」

いま見ると、彼女の広がっている瞳の中はかなり奥深かった。

「どうしたらあんたみたいに、そんなふうに冷静に生きていかれるかしら？　本当はあんたも、怖くなって逃げだしてしまうんじゃないの？」

彼女の唇が動く方向によって、頬の上の傷痕が一緒に引きずりまわされていた。どことなくその傷痕は、数億年も前の砂岩の中から発掘された軟体動物の化石のように、すでに消失せてしまった生の朧《おぼろ》気《げ》な痕跡を感じさせた。その瞬間僕は、彼女を轢いたというタクシーが死力を尽くして急停車することによって、かえって彼女が望んでいた、死と絶望を留保してやったのではなかろうかと思った。いずれにせよそのタクシーの運転手も、僕みたいに彼女と出くわしたおかげで運勢が悪かったことだけは間違いない。

病院から帰宅したら、電話のベルがけたたましく鳴っていた。大急ぎで玄関のドアを開け、

いまにも切れるかと思われた瞬間、受話器を取った。

「ヨボセヨ〔もしもし〕」

ところが受話器の向こうからは、けらけら笑う声しか聞こえてこなかった。占ってみるまでもなく、やはり間違ってかかってきた電話だった。僕は音がするくらい荒々しく受話器を元に戻した。そうして外出して帰宅したときのいつもの習慣通り、まず衣服を脱いでバスルームに入って行きながら、シャワーバスからお湯でも漏れたりしてはいないだろうか、タオルが床の上に滑り落ちて濡れてはいないだろうか確かめてみた。シャワーを済ませてポロのジョギング服に着替えてから、鍋に定量の水を注いで注意深くガスレンジの上に載せた。冷蔵庫から低カロリーうどんを取りだして袋を破るときも、せっかちに耳の部分を大きく破って中身がこぼれ出たりしないように気をつけた。思い返してみたら、さっきの電話の笑い声は彼女のものだったような気がした。僕は沸きだした熱湯の中に、液状のスープを入れた。僕のほうが彼女の電話を待っているのだろうか？

鍋の中のうどんのスープが、何となくおかしいような気がした、醤油の色が滲み出てこなければならないのに、乾燥したネギのくずがぷかぷか浮いているばかりだった。液状のスープの素ではなくて、粉末のスープの素を先に入れてしまったのだ。手順が狂うということは避けがたいものらしい。けれども、構うことはないさ。いつだって僕の頭の中には、「そう

いうこともあるさ」という言葉が思い浮かぶのだが、それはそんなに長くかかることではない。僕は単調なことを望んでいるから。

著者

殷熙耕（ウン・ヒギョン）

1959年、全羅北道生まれ。淑明女子大学国文科、延世大学大学院国文科卒業。95年、長編小説『鳥の贈り物』で第1回文学トンネ小説賞受賞。現代人の孤独と内面の傷をテーマとする作品を相次いで発表、90年代後半を代表する作家の一人となる。主な作品に『最後のダンスは私と』『それは夢だったろうか』『マイナーリーグ』『秘密と嘘』『幸せな人は時計を見ない』『美しさが私を蔑視する』など。東西文学賞、李箱文学賞、韓国小説文学賞、韓国日報文学賞、怡山文学賞、東仁文学賞など多くの文学賞を受賞。邦訳に『妻の箱』ほか。

訳者

安宇植（あん うしく）

1932年、東京生まれ。早稲田大学ロシア文学科中退、ストックホルム大学博士課程修了。桜美林大学名誉教授。82年、訳書『母』（尹興吉）で日本翻訳文化賞受賞。主な著書に『金史良—その抵抗の生涯—』『天皇制と朝鮮人』など。『アリラン峠の旅人たち』『アダムが目覚めるとき』『ひとの子』『離れ部屋』など訳書・編訳書多数。

作品名　他人への話しかけ

著　者　殷熙耕©

訳　者　安宇植©

*『いまは静かな時—韓国現代文学選集—』収録作品

『いまは静かな時—韓国現代文学選集—』
2010年11月25日発行
編集：東アジア文学フォーラム日本委員会
発行：株式会社トランスビュー　東京都中央区日本橋浜町2-10-1
TEL. 03(3664)7334　http://www.transview.co.jp

著者

都鍾煥（ト・ジョンファン）

1954年、忠清北道清州生まれ。忠北大学卒、忠南大学博士課程修了。文学博士。1984年、「コドゥミ村にて」で詩壇に登場、教職のかたわら詩作を続ける。新婚の妻を失い、全国教職員労働組合を組織したため教壇を追われ、十年後に復職するも病を得て再び教壇を離れた。申東曄創作賞、民族芸術賞、鄭芝溶賞などを受賞、韓国民族芸術人総連合、民族文学作家会議、韓国作家会議などの要職を歴任した。詩集『コドゥミ村で』『葵のようなあなた』『あなたは誰ですか』『柔らかい直線』『悲しみの根』など。散文の著作も多い。

訳者

吉川 凪（よしかわ なぎ）

大阪生まれ。新聞社勤務を経てソウルの延世大学語学堂に留学の後、仁荷大学国文科大学院で博士号取得。日本と韓国の近代文学に関する論文を執筆。現在は翻訳業のかたわら複数の大学で非常勤講師を務めている。著書『朝鮮最初のモダニスト鄭芝溶』（土曜美術社）、訳書『ねこぐち村のこどもたち』（廣済堂）など。

作品名　葵のようなあなた

著　者　都鍾煥 ©

訳　者　吉川 凪 ©

*『いまは静かな時―韓国現代文学選集―』収録作品

『いまは静かな時―韓国現代文学選集―』
2010年11月25日発行
編集：東アジア文学フォーラム日本委員会
発行：株式会社トランスビュー　東京都中央区日本橋浜町2-10-1
TEL. 03(3664)7334　http://www.transview.co.jp